任性出版

文言文很好用

你一定想用的絕妙好詞（名詞、動詞）

致力於提升國學素養的經典圖文書工作室

段張取藝——著

引經據典，言之有物、
談吐得宜，提升素養的最快方法。

目錄

文言文很好用
——你一定想用的絕妙好詞（名詞、動詞）

第二章

文筆生動的人，
「很會」用動詞　63

第三章

了解成語的由來典故，
作文（和做人）一定得高分　107

文言文用法實力考驗　155

文言文很好用
——妙筆生花要形容詞，驚人不休全憑數詞、量詞

推薦序
懂一點國學常識，讓自己行文時增加韻味，
也使生活增添趣味／敏鎬　219

有了形容詞，
筆下人物更生動　221

薄，形容小，也象徵貧瘠　224

第五章

數詞、量詞、代名詞，溝通無障礙 269

第六章

之乎者也，
這些字就是虛詞　317

推薦序

懂一點國學常識，讓自己行文時增加韻味，也使生活增添趣味

「敏鎬的黑特事務所」粉專版主／敏鎬

　　「之、乎、者、也⋯⋯」在當代，文言文是令現代人「聞風喪膽」的存在，不光是因為它在國文基本教材中占有一定比例，也是因為文法、句型、修飾詞彙和現代白話文大相逕庭，使之成為當代人們對其往往拒之門外的理由。

　　除了應付考試，一些基本的國學常識，其實已經深植在大眾生活中，例如，年齡代稱、祝賀用語、親屬稱謂，甚至是收到法院傳票、判決書，都要懂一點文言文基礎才能順利解讀！（開玩笑的，大家不會沒事隨便收到傳票啦。）

　　曾經有個網路趣聞提到，有人送了一盆祝壽鮮花給一位長者，結果祝賀詞寫著「福壽全歸」的奇聞（這是輓聯用的）！足證在一般人交際生活中，仍需要具備一定的相關常識，才不會鬧出笑話！本人也看過有電視劇這樣演：楚漢相爭時，呂后在劉邦身旁開口自稱「哀家」（劉邦：妳老公我還活著欸？），或是清代孝莊太后，對旁人自稱「我孝莊⋯⋯」（孝莊是死後的封號）等謬誤，都令人莞爾一笑。

　　「敏鎬！可是我又沒有要考國文，學這些幹嘛？」問得好！這位朋友不知道有沒有在追劇？近年來宮廷戲風潮興起，劇中為求貼

近時代背景，往往會融入文言用語、古代官制、時辰，甚至隨時出口成章。如果能懂得一點相關的國學常識，不但在追劇時能貼近人物心境增添樂趣，還能跟家人在追劇時，隨手展現自己的淵博學識，讓過年團聚時，親戚小孩對你敬佩不已。（也可能他們根本不在意啦！）

「長鋏歸來兮！食無魚！」月底了，看著滿臉疑惑的室友，你對著晚餐的泡麵唱道。信手拈來就是一句文言文，不用懷疑，真的很潮。

「敏鎬，扯那麼久是不是要進入推薦環節了？」

這本《文言文很好用》內容可說是五花八門、極為豐富，不但詳細講解古文文法句型，更介紹了稱謂、交際用詞、古代官制等，還有成語介紹跟大量的節錄古文（很豐富而且有註釋，大家不用怕）。充實內容配有豐富可愛的插圖，讀完能夠讓自己在文言文的學習有一定基礎，也可以將文言文融入自己的生活中，信手拈來、自然使用，不但能讓自己行文時增加一些韻味，也能使生活增添不少趣味！

「敏鎬，怎麼你前面的廢話，比正經推薦內容還長？」編輯皺著眉頭。

「這叫做畫龍點睛法，用前面廢文去襯托本書內容有多好，懂？」我恬不知恥的答道。

嘿嘿，大家又學會一招了吧。

第一章

談吐得宜的人，
會使用正確的名詞

世界上的每一樣事物，都有屬於自己的名字。這些名字就是「名詞」。

　　每一個完整的句子，都一定含有名詞。比如，兔子愛吃青草。這句話中的兔子和青草，代指具體的事物，和我們生活中常用到的東西，如桌子、椅子、書本、碗筷等一樣，是典型的名詞。除此之外，一些只在文言文裡出現的專有稱呼也是名詞，如人名、地名、官職名等。這些通通是名詞家族的一分子。

　　在這本書中，無論是常見名詞還是專有名詞，都在排著隊，等著和大家見面！

正確稱謂，社交的開始

　　每個人都有自己的名字，每段關係也有不一樣的稱謂。從古至今，親情都是所有關係裡最重要的存在。那麼，你知道古人怎麼稱呼自己的親人嗎？

古代

同樣的關係，現代的稱謂和古代的可謂大相逕庭。如果因為記不清而叫錯了，可是會鬧笑話的！

現代

　　我們在日常的人際交往中，免不了要提及對他人的稱謂。讓我們跟隨下圖中的主角，一起感受古人的社交風貌吧！

古代

同樣的語境，現代人在使用稱謂時，就和古代人完全不同。我們只有正確掌握稱謂的用法，才能在人際交往中遊刃有餘。

現代

除了家人，每個人一生中還會有很多重要的朋友。在古代，人們都是怎麼稱呼自己的朋友呢？

金蘭之交

同窗

吾

同鄉

同僚

青梅竹馬

同袍

古代

　　現代人對朋友的稱呼和古代可不太一樣哦！仔細看看下面的圖，記住這些情誼滿滿的稱謂吧！

同學

朋友

同鄉

我

同事

幼時玩伴

戰友

現代

名人名諱知多少

　　下面這些人名可不一般！各位要背誦的文言文裡，他們可是經常出現！但悄悄告訴你，所有人名都不需要翻譯。

孔子　　孟子　　老子　　莊子　　韓非子

孟浩然　　高適　　岑參　　王維　　李商隱

李白　　杜牧　　杜甫　　韓愈　　陶淵明

李清照　　謝道韞　　江采蘋　　魚玄機　　朱淑真

楊玉環　　王昭君　　貂蟬　　西施　　褒姒

潘安　　宋玉　　衛玠　　鄒忌　　嵇康

管仲　　蕭何　　房玄齡　　王安石　　張居正

人們常會將幾位才學相當、關係密切或志趣相投的人相提並論。久而久之，就形成了文言文中特定的人物代稱，這就是古代的「人氣組合」吧！

例句：而蘇氏文章擅天下，目其文曰「三蘇」，蓋洵為老蘇、軾為大蘇、轍為小蘇也。

出自：〈蘇洵二十七始發憤〉。

翻譯：而蘇家人善於寫文章，（人們）把他們叫做「三蘇」，蘇洵是老蘇、蘇軾是大蘇、蘇轍是小蘇。

例句：考求六經、孔孟之旨，潛心大業。

出自：《雍里先生文集》序。

翻譯：探求、查證六經的思想和孔孟之道，潛心於儒家的政治思想。

例句：學不師受，博覽無不該通，長好《老》《莊》。

出自：《晉書・嵇康傳》。

翻譯：學習不用老師傳授，博覽群書，所讀之書全部理解，長大之後喜歡讀《老子》和《莊子》。

例句：尤好《左氏春秋》、孫吳兵法。

出自：《宋史‧岳飛傳》。

翻譯：特別喜歡閱讀《左氏春秋》、孫武和吳起的兵法。

例句：李杜並驅，龍標脫銜。

出自：《宗子相集》序。

翻譯：李白和杜甫並駕齊驅，龍標（王昌齡）用詞不拘一格。

例句：昔紂為無道，三仁在朝，武王猶為之旋師。

出自：《資治通鑑》。

翻譯：過去商紂王無道，但微子、箕子、比干三位仁人在朝，周武王尚且因此而撤兵。

後世也評選出了人氣組合！

蘇門四學士：蘇軾門下四位詩人，即黃庭堅、秦觀、張耒、晁補之。

竹林七賢：嵇康、阮籍、山濤、向秀、劉伶、王戎及阮咸。

初唐四傑：指唐代初年文學家王勃、楊炯、盧照鄰和駱賓王，他們以文章齊名。

漢賦四大家：西漢的司馬相如、揚雄，東漢的班固、張衡。

束髮是幾歲？每個年齡也有對應的名字

　　沒想到吧？年齡在古代還有自己的名字！古人在給年齡取名字上從不含糊，代表年齡的每一個名字，都帶著祝福和期盼。

祖母年七十，已到古稀。祖父年八十，正在杖朝之年。

家父家母年五十，屬知非之年。

吾姐年方二十四，恰逢花信年華。

家兄十歲，在幼學之年。

吾今年六歲，乃垂髫之年。

古稀、杖朝之年

知非之年

花信年華

幼學之年

垂髫之年

古代

*若為古文數字，以國字呈現。若為說明，則以阿拉伯數字呈現。

每個年齡段在現代也有對應的名字哦！大家仔細思考一下，你和家人的年齡段，對應的是哪個名字？

現代

　　年齡的「名字」可不是隨意取的。在古代，男生和女生的年齡有著不同的名稱。

女生			

3～7 歲
垂髫

13～14 歲
荳蔻年華

15 歲
及笄

16 歲
碧玉年華

男生

8 歲
垂髫

13～15 歲
舞勺

15 歲
束髮

15～20 歲
舞象

20 歲
桃李年華

30～50 歲
半老徐娘

50 歲以上
老嫗

20 歲
弱冠

30 歲
而立

40 歲
不惑

50 歲
知天命

現代叫課本，古人稱竹簡

學習科目有名字，考試有名字，就連文具也有名字！求學路上碰到的這些名字讓大家又愛又恨。不管是古代的還是現代的學子，都少不得要與它們打交道。

古代

現代

在古代，學習可不是一件輕鬆的事情，學子們要學習的科目可多啦！讓我們一起來認識一下這些特別的學科吧！

古代

古人學習的五經六藝是指什麼？

五經是指《詩經》、《尚書》、《禮記》、《周易》、《春秋》；
六藝指的是禮（禮節）、樂（音樂、舞蹈）、射（箭術）、御（駕駛車馬的技術）、書（識字，書寫）、數（數學）。

　　現代的學生學習的科目和古代大不相同。不過，不管哪門學科，大家都要和它們好好相處，成為朋友，不要偏科哦！

現代

在人生的旅程中，大家會遇到各種各樣的考試。古時候的人們把讀書考試當作非常重要的大事。因為考中進士後，學子們就有了做官的資格。

古代科學制度

對於現代的學生來說，讀書考試也是十分重要的事情。好好努力，朝著最高目標前進吧！

現代升學教育

職業、職位，古今稱呼大不同

　　你聽過下面這些職業名稱嗎？這些職業在古時候也曾起著舉足輕重的作用，可是到現代卻逐漸消失了，只能在影視或文學作品裡聽到這些職業啦！

古代獨有的職業名稱

師爺：政府部門的幕僚，但屬於私人聘請。更夫：每天夜裡敲竹梆子或鑼，提醒人們時辰的人。史官：古代專門記錄和編撰歷史的官職。鏢師：保護人員、財物安全的保鏢。采詩官：巡遊各地，採集民間歌謠的官員。員外郎：指設於正式規定的數額以外的郎官。

悄悄告訴你們，下面這些職業名稱，古人一個都沒聽過，因為它們是現代才出現的。

現代獨有的職業名稱

　　古代的行政官員等級劃分非常嚴格，職位高低不同、所轄事務不同，官員們的職位稱謂也就不同。下面是清朝的部分官職與現代官職的對比，大家一起來看看吧！

> 大學士
>
> 相當於現代的總理、副總理。

> 兵部尚書
>
> 相當於現代的國防部部長。

> 都御史
>
> 相當於現代的檢察署檢察總長。

例句：大學士趙志皋弟學仕為南京工部主事，以贓敗。

出自：《明史》。

翻譯：大學士趙志皋的弟弟趙學仕任南京工部主事，因貪汙而敗露。

例句：以平土首酋龍吉兆功，加兵部尚書。

出自：《清史稿》。

翻譯：因為平定土著酋龍吉兆叛亂有功，加封為兵部尚書。

例句：三十五年，召為左都御史。

出自：《清史稿》。

翻譯：康熙三十五年，召回朝廷任命為左都御史。

巡撫
相當於現代的省長
（按：臺灣已廢省）。

順天府府尹
相當於現代的
臺北市市長。

知府
相當於現代的
各縣市市長。

例句：蔣溥代為巡撫，嗛濟世所著書。

出自：《清史稿》。

翻譯：蔣溥代許容為巡撫，憎恨謝濟世編著的書籍。

例句：授大理寺少卿，遷順天府府尹。

出自：《清史稿》。

翻譯：擔任大理寺少卿，之後擔任順天府府尹。

例句：與知府朱孝純子穎由南麓登。

出自：〈登泰山記〉。

翻譯：我和知府朱孝純（字子穎）從南面的山腳上山。

禮部侍郎
相當於現代的
文化部副部長。

內閣學士
相當於現代的行
政院人員。

大理寺卿
相當於現代的
最高法院院長。

例句：尋擢禮部侍
郎，以母老未赴。

出自：《清史稿》。

翻譯：不久提拔他
為禮部侍郎，他因
為母親年老而沒有
赴任。

例句：乾隆元年，
擢內閣學士。

出自：《清史稿》。

翻譯：乾隆元年，
（劉統勳）被升為
內閣學士。

例句：十二年，遷
大理寺卿。

出自：《清史稿》。

翻譯：順治十二
年，任大理寺卿。

知縣
相當於現代的
縣長。

縣丞
相當於現代的
副縣長。

主簿
相當於現代的
祕書。

例句：散館，又改
發江南為知縣。

出自：〈袁隨園君
墓誌銘〉。

翻譯：學習期滿之
後，被改派到江南
做知縣。

例句：縣丞，長吏也。

出自：《漢書》。

翻譯：縣丞，是地方主
要官員。

例句：至柏人，
殺主簿游綸。

出自：《資治通
鑑》。

翻譯：到了柏人
（古地名），殺
了主簿游綸。

明朝小兵升職記

大家是不是聽說過很多古代大將軍的故事？那你們知道從低階士兵到一品大將軍，要經歷哪幾個階段嗎？讓我們以明朝為例，看看一個小兵的升職歷程吧！

游擊將軍

守備

把總

士兵

統率邊防軍一營

例句：齊王冏以
功遷游擊將軍

出自：《資治通
鑑》。

翻譯：齊王司馬
冏憑藉功勳，升
遷為游擊將軍。

軍隊中的中層
骨幹

例句：與守備史
鏞等奪河西船，
盡泊東岸。出
自：《明史》。

翻譯：與守備史
鏞等奪取河西岸
的船隻，全部停
泊到東岸。

基層軍官

例句：又設把總、
把司、把牌等官。

出自：《明史》。

翻譯：又設置了把
總、把司、把牌等
官位。

普通士兵

例句：嘗調士兵。

出自：《明史》。

翻譯：曾經調遣
士兵。

參將

鎮守邊區的統兵官

例句：為參將劉
綎所擒。

出自：《徐霞客
遊記》。

翻譯：被參將劉
綎擒獲。

副總兵

為地方上的軍事長
官。這個級別通常
由公、侯、伯、都
督來擔任。

例句：總兵官王
效、副總兵梁震擊
敗之。

出自：《明史》。

翻譯：總兵官王
效、副總兵梁震打
敗了他們。

總兵官

擁兵一方的軍區司令。
明朝開國功臣徐達就擔
任過總兵官；明朝後期
的戚繼光因抗倭有功，
也被晉升為總兵官。

例句：今設總兵官駐其
地。

出自：《徐霞客遊記》。

翻譯：現在設置了總兵
官駐紮在此地。

江東、中原，具體在哪裡

中國幅員遼闊。你有沒有發現，古時候對於某些區域的叫法，好像和現在不太一樣。仔細看看下面這些地圖，獲取更多地理知識吧！

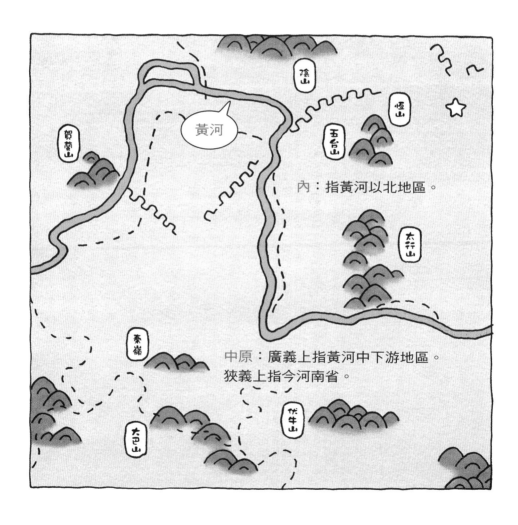

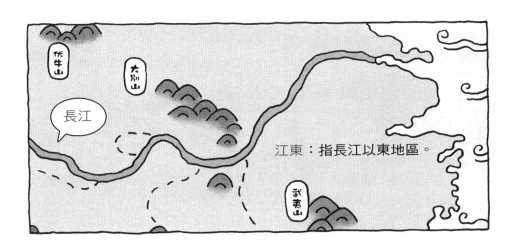

江東：指長江以東地區。

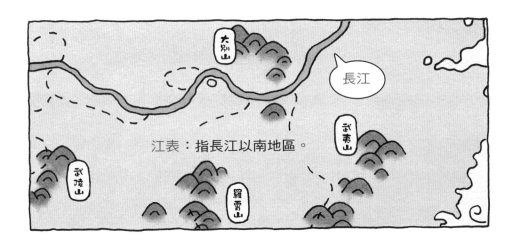

江表：指長江以南地區。

古代還有這些中國的別稱

九州：漢族先民自古就將漢族原居地劃分為九個區域，即九州。

海內：古代傳說中國疆土四面環海，故稱國境之內為海內。

四海：因傳說中國四境有海環繞，所以四海代指中國各地。

下面這一座座歷史悠久的古城，是歲月留給我們後人最好的禮物。無論經歷了多少風吹雨打，城名更改了多少次，它們一直都矗立在華夏大地上。

金陵

金陵是江蘇省南京市的古稱，六朝時的金陵是世界上第一個人口超過百萬的城市。

例句：而金陵風物甚美，花草妍麗。出自：〈方舟傳〉。

翻譯：金陵的風光景物很美，花草美麗。

長安

長安是陝西省西安市的古稱，共有 13 個王朝在此定都。長安是中國歷史上建都朝代最多、建都時間最長、影響力最大的都城。

例句：年十三，能誦詩，受業長安。出自：《後漢書》。

翻譯：13 歲時，能背誦《詩經》，到長安跟人學習。

汴梁

汴梁是元朝至明朝初期，對於今河南省開封市的稱呼。如今，開封有八朝古都之稱。

例句：從征中原，克山東沂、嶧諸州。下汴梁，徇河南，扈駕北巡。出自：《明史》。

翻譯：（耿炳文）隨大軍征討中原，攻克了山東沂、嶧等州。攻下汴梁，攻占黃河以南地區，侍從皇帝北巡。

江陵

江陵是今湖北省荊州市的別名，春秋戰國時為楚國都城，建城歷史長達三千多年。

例句：瀍諫，帝怒，貶江陵令。出自：《新唐書·裴瀍傳》。

翻譯：裴瀍呈奏章進諫，皇帝生氣了，把他貶為江陵縣令。

琅琊

琅琊是山東省臨沂市的舊稱，是東夷文化的核心發祥地。

例句：望豐山盤互雄偉，出琅琊諸峰上。出自：〈遊琅琊山記〉。

翻譯：遠遠望見豐山連綿雄偉，超出琅琊諸峰。

臨安

臨安是南宋王朝的都城，位於今浙江省杭州市。臨安是當時全國的政治、經濟、文化中心。

例句：臨安既破，天祥自廣還。出自：《續資治通鑑》。

翻譯：臨安被攻破以後，文天祥從廣州被押解回來。

古時候的城市雖然不如現代繁榮，卻也別有一番風味。古代城市裡都有哪些建築呢？一起來看看它們的名字是什麼吧！

古代

在現代的城市裡，我們每天都會路過這些地方。那麼，你覺得是現代的名字好聽，還是古代的名字好聽？

現代

想當文青，這些名詞用起來

現在生活中常見的東西，在古代可能擁有讓你大吃一驚的別名。
快在心裡默念三遍，把它們全部記下來吧！

古代

這些常見的東西在現代叫什麼名字呢？趕快動動腦筋，將兩張圖中相同的物品對應起來吧！

現代

古人取名總是文謅的。看！下面這些常見的東西還有這麼好聽的名字！

古代

現代人比較喜歡通俗易懂的名字，對比一下左右兩圖，看看相同的物品在古今的名字有什麼不同！

現代

古人 12 時辰，開始對時

　　時間也有專屬的名稱。古時候沒有鐘錶，所以古人根據太陽升起的時間，將一晝夜劃分為 12 個時辰，一個時辰分為 8 刻，一刻為 15 分鐘。因此一個時辰相當於現代的 2 個小時。

古代

現代的計時方式和古代有所不同。現代人將一天分為 24 小時， 1
小時分為 60 分鐘，1 分鐘分為 60 秒。仔細觀察一下左右兩邊的圖，
將現代的時間與古代的時刻對應起來吧！

現代

看他的名字，就知道他排行老幾

古文中，人物的名字往往會暗示許多資訊，比如人物的出生順序、職業和地位等。聰明的你能發現其背後暗藏的規律嗎？

兄弟取名有順序

古人在給同輩分的孩子取名時，常常按照伯、仲、叔、季、幼這個順序。

例句：伯夷、叔齊，孤竹君之二子也。出自：《史記·伯夷列傳》。

翻譯：伯夷和叔齊是孤竹國國君的兩個兒子。

名字中間要加之

春秋戰國時期，很多貴族都喜歡在名字中間加一個「之」字，強調自己的身分高貴。

例句：佚之狐言於鄭伯曰：「國危矣，若使燭之武見秦君，師必退。」出自：《左傳》。

翻譯：佚之狐對鄭文公說：「國家很危險了！假如派燭之武去見秦國的國君，秦國的軍隊必定撤退。」

職業、名字湊一塊兒

　　春秋戰國時期，古人還常常用職業作為名，再另取一個字，組合成自己的名字。

庖丁：庖表明職業是廚師，丁是名。

例句：庖丁為文惠君解牛。出自：《莊子》。

翻譯：庖丁替梁惠王宰牛。

輪扁：輪表明職業是用木頭做車輪的工匠，扁是名。

例句：輪扁斫輪於堂下。出自：《莊子》。

翻譯：輪扁在堂下砍削（木材）製作車輪。

弈秋：弈表明職業是棋士，秋是名。

例句：弈秋，通國之善弈者也。出自：《孟子》。

翻譯：弈秋，全國最擅長下棋的棋士。

醫和：醫表明職業是醫生，和是名。

例句：晉侯求醫於秦，秦伯使醫和視之。出自：《左傳》。

翻譯：晉平公向秦國尋求醫生治病，秦伯派醫和為他看病。

　　人體的器官也有名字。隨著歲月的變遷，有的沿用至今，有的則改變了意思。一起來看看古時候身體器官的名字，到底指的是哪些地方吧。

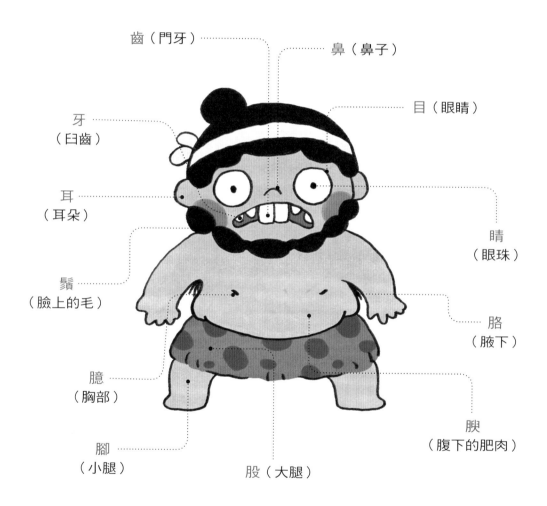

齒（門牙）

鼻（鼻子）

目（眼睛）

牙
（臼齒）

耳
（耳朵）

睛
（眼珠）

鬚
（臉上的毛）

胳
（腋下）

臆
（胸部）

腴
（腹下的肥肉）

腳
（小腿）

股（大腿）

身體外

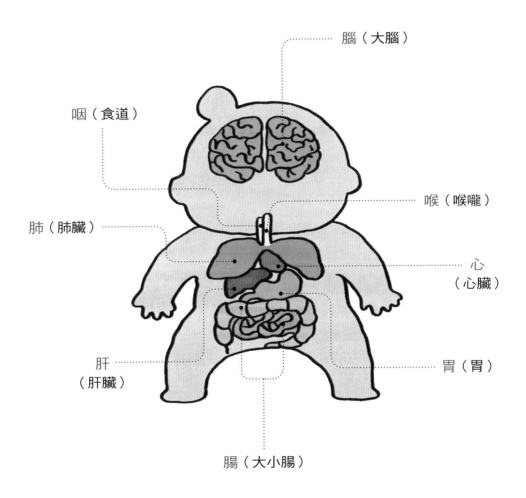

咽（食道）

腦（大腦）

喉（喉嚨）

肺（肺臟）

心
（心臟）

肝
（肝臟）

胃（胃）

腸（大小腸）

身體內

五行說

　　古時，人們普遍用陰陽五行、風水、星象來解釋世界，就連指示方位的名詞，也可以與這些聯繫起來。

　　漢代的董仲舒，將方位和五行結合起來，他認為木居左、金居右、火居前、水居後、土居中央。從此，金木水火土也擁有了方位的意義。

神獸說

　　古人觀星時，把星空分為四個部分，因為東方的星象像龍，西方的星象像虎，南方的星象像大鳥，北方的星象像龜和蛇，於是用假想中的四隻神獸來表示東南西北。

第二章

文筆生動的人，
「很會」用動詞

　　世界日新月異，每天都在發生變化。而用來描述人或事物變化的詞，就叫做動詞。

　　文言文中也存在著大量的動詞，但由於時代變遷，許多動詞的現代用法與古義早已大相逕庭，發生了翻天覆地的變化。比如，現在所說的開張，一般指店鋪開業，但在文言文中，開張是擴大的意思。此外，古人還常常讓動詞客串其他詞性，去表達更多的意思。

　　只要掌握了動詞，我們就能更容易了解古人的喜怒哀樂，洞悉事物的發展變化。話不多說，讓我們一起進入有趣的動詞世界吧！

走，有分快的和慢的

說到「走」，現代的字義是直接邁開步子行走，但當它出現在古文中，背後的含義卻是五花八門。

現在　　　　　　　　古代

行走　　　←走→　　跑，疾行

範例：錄畢，走送之，不敢稍逾約。出自：〈送東陽馬生序〉。
翻譯：抄寫完畢後，便馬上跑去還書，不敢超過約定的期限。

逃跑

範例：兵刃既接，棄甲曳兵而走。
出自：《孟子》。
翻譯：兩軍開始交戰，（戰敗的士兵）丟掉盔甲、拖著武器逃跑。

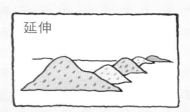

延伸

範例：驪山北構而西折，直走咸陽。出自：〈阿房宮賦〉。
翻譯：它從驪山北邊建起，折而向西，一直延伸到咸陽。

奔向

範例：水出於山而走於海。
出自：《呂氏春秋》。
翻譯：水源於山而奔向大海。

走開，離開

範例：酈生瞋目案劍叱使者曰：「走！」
出自：《史記》。
翻譯：酈生瞪圓了眼睛，握住寶劍斥責侍者說：「走開！」

變身名詞

僕人，
引申為自稱的謙詞

範例：走雖不敏，庶
斯達矣。
出自：《東京賦》。
翻譯：我雖然不聰
明，但如今差不多全
明白了。

獸

範例：上無逸飛，下
無遺走。
出自：《西京賦》。
翻譯：上無逃脫的飛
鳥，下無漏掉的走
獸。

車輪

範例：以車兩走，軸
閒廣大以圍，犯之。
出自：《墨子‧備蛾
傅》。
翻譯：一輛車配備兩
個車輪，兩輪軸之間
的距離長一些，用圍
固定。

好多有趣的走

走筆

用筆迅速的書寫。

走卒

隸卒，差役。也
指供人驅使、地
位低下的人。

走狗

善跑的狗，獵狗。現在比
喻受人雇傭而幫其作惡的
壞人。

聞，是聞到也是聽見

　　說到聞，我們最先想到的是用鼻子聞。但對古人來說，聞是用耳朵聽，或用嘴巴說的意思。除此之外，古文中的聞還有很多意思呢！

現在

聞味道

古代

聽見

←聞→

範例：不聞機杼聲，惟聞女嘆息。
出自：〈木蘭詩〉。
翻譯：聽不見織布機織布的聲音，只聽見木蘭在嘆息。

範例：願以聞於官。
出自：〈童區寄傳〉。
翻譯：（我）願把這件事報告給官府。

報告

聽說

範例：遠方之人，聞君行仁政。
出自：《孟子》。
翻譯：遠方的人，聽說您施行仁政。

聞名

範例：荊有善相人者，所言無遺策，聞於國。
出自：《呂氏春秋》。
翻譯：楚國有個善於看面相的人，他的判斷從沒有失誤過，因此聞名全國。

變身名詞

見聞，見識

名望，名聲

範例：博聞強志，明於治亂。
出自：《史記》。
翻譯：見識豐富且記憶力強，
通曉治理國家的方法。

範例：況草野之無聞者歟？
出自：〈五人墓碑記〉。
翻譯：何況鄉間沒有名望的
人呢？

好多有趣的聞

聞令

接受教誨。

聞命

承命，
接受命令。

聞一知十

聽到事情的一端
就知道全貌。比
喻人非常聰明，
能舉一反三。

張，形容物，也形容人

我們現在說張，多是張開的意思。而古文中的張，可能是給弓上弦，也可能是其他意思，千萬要分清楚！

現在　　　　　　　　　　　　　　　　古代

張開　　　　　　　　　　　　　　　　弓上弦

←張→

範例：既張我弓，既挾我矢。出自：《詩經》。
翻譯：我的弓已經上弦，我的箭已經握在手裡。

範例：琴瑟不張，鐘鼓不修。
出自：《呂氏春秋》。
翻譯：不給琴瑟上弦，不設置鐘鼓。

範例：桓公欲遷都，以張拓定之業。出自：《世說新語》。
翻譯：桓溫想要遷都洛陽，來開闊擴張疆土，安定國家的事業。

範例：百金之魚，公張之。
出自：《公羊傳》。
翻譯：價值百金的魚，隱公撒網捕捉牠。

範例：彭乃多張疑兵。
出自：《後漢書》。
翻譯：岑彭於是部署了很多迷惑敵人的軍隊。

變身名詞

驕傲自大

範例：隨張，必棄小國。
出自：《左傳》。
翻譯：隨國驕傲自大，必定輕
視小國。

變身形容詞

通「脹」，肚內膨脹

範例：將食，張，如廁。
出自：《左傳》。
翻譯：（晉侯）將要進食，（突
然感到）肚脹，就去上廁所。

好多有趣的張

張惶

慌張，
驚慌。

張目

睜大眼睛。

張（音同帳）飲

設置帳幕
飲宴。

服，當名詞也能當動詞

說到服，我們首先會想到衣服。但對古人來說，首先想到的可能是穿衣服的動作。不用驚訝，服在古代多為動詞。

現在　　　　　　　　　　　古代

衣服　　　　　　　　　　　　　　　　穿戴

←服→

範例：非其人不得服其服。出自：《後漢書》。
翻譯：不是那個等級的人不能穿戴那個等級的衣服。

駕，拉車

範例：服牛駕馬。
出自：《鹽鐵論》。
翻譯：駕駛牛車、馬車。

從事

範例：有事，弟子服其勞。
出自：《論語》。
翻譯：遇到事情，由兒女替父母去從事。

佩服

範例：曲罷曾教善才服。
出自：《琵琶行》。
翻譯：樂曲奏完曾使樂師們佩服。

降服

範例：夫虎之所以能服狗者，爪牙也。出自：《韓非子》。
翻譯：老虎之所以能降服狗，是因為它有鋒利的爪牙。

變身名詞

衣服，服裝

盛箭的器具

範例：余幼好此奇服兮。
出自：《楚辭・九章》。
翻譯：我從小就喜歡這奇異的服裝啊。

範例：負服矢五十個。
出自：《荀子》。
翻譯：背著裝有五十支箭的箭袋。

好多有趣的服

服食

衣服飲食。

服賈
（音同股）

從事商賈之業，經商。

服冕

穿著冕服（按：中國古代男性最高等級的禮服名稱）。

服劍

指佩帶劍或佩帶的劍。

回，可以轉頭，也可以不轉頭

　　說到回，現代的意思多為掉轉方向、回去。在古代，回的意思就多了，旋轉、包圍、轉變……你想先聽哪一個？

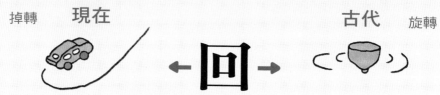

掉轉　現在　　　　　　　　　　古代　旋轉

範例：春冬之時，則素湍綠潭，回清倒影。出自：〈三峽〉。
翻譯：等到春天和冬天，就可以看見白色的急流、碧綠的潭水，迴旋著清波、倒映著景色。

包圍

範例：齊、宋攻魏，楚回雍氏。
出自：《戰國縱橫家書》。
翻譯：齊國和宋國攻打魏國，楚國包圍了雍氏。

轉變

範例：雖死不可回也。
出自：〈與韓愈論史官書〉。
翻譯：即使死也不可能轉變。

返回

範例：少小離家老大回。
出自：〈回鄉偶書〉。
翻譯：年輕時離開家鄉，年老了才返回。

違背

範例：徐方不回，王曰還歸。
出自：《詩經》。
翻譯：徐國不再違背（周朝），大周天子命班師回朝。

變身形容詞

曲折

範例：廊腰縵回，簷牙高啄。

出自：〈阿房宮賦〉。

翻譯：走廊像絲帶一樣蜿蜒曲折，突起的屋簷四角像鳥嘴一樣高高翹起。

變身名詞

奸邪

範例：淑人君子，其德不回。

出自：《詩經》。

翻譯：善良的君子，德行正直且無邪。

好多有趣的回

水波蕩漾。

迴旋的風。

曲折的欄杆。

袒護。

取，和東西打交道的意思

說到取，我們現在指的是把東西拿到手裡。不過，古人說取，指的卻是把東西割下來。別看都是和東西打交道，差別可大了！

現在　拿到　←取→　古代　割下

範例：大獸公之，小禽私之，獲者取左耳。出自：《周禮》。
翻譯：獵獲的大獸交給公家，小獸留給自己，獵獲野獸的人割下獸的左耳（以便計功）。

範例：必取宋。
出自：《墨子》。
翻譯：一定能攻下宋國。

範例：青，取之於藍，而勝於藍。出自：《荀子》。
翻譯：靛青是從藍草裡提取的，可是比藍草的顏色更深。

範例：苟非吾之所有，雖一毫而莫取。出自：〈赤壁賦〉。
翻譯：若不是自己應該擁有的，即使一毫也不能索取。

變身名詞

可取之處

範例：僕自卜固無取。
出自：《答韋立師道書》。
翻譯：我自己估量本來就沒有什麼可取之處。

變身副詞

表示範圍，僅僅

範例：平生衣取蔽寒，食取充腹。
出自：〈訓儉示康〉。
翻譯：平時的衣服僅僅禦寒就行，食物僅僅充饑就行。

好多有趣的取

取給（音同幾）

取得東西以供需要。

取室

娶妻。

取道

開闢道路。

取庸

雇傭工。

修，除了修理，也代表美好

我們現在說修，一般指修理東西。而古人說修，可能還指編寫文字。下面的圖展示了很多修在古代的其他意義，一起來看看吧！

現在 　　　　　　　　　　　　　古代

修理  ←修→ 編纂

範例：與著作郎王劭同修國史。出自：《隋書》。
翻譯：與著作郎王劭一同編纂國史。

修飾

範例：參為人矜嚴，好修容儀。出自：《漢書》。
翻譯：馮參為人矜持嚴肅，喜歡修飾儀表。

修理

範例：修守戰之具。
出自：〈過秦論〉。
翻譯：修理防守和進攻時的器械。

整治

範例：外結好孫權，內修政理。出自：〈隆中對〉。
翻譯：對外聯合孫權，對內整治為政之道。

學習

範例：一善易修也。
出自：〈原毀〉。
翻譯：一件好事情是容易學習的。

變身形容詞

高，長

美好的

範例：此地有崇山峻嶺，茂林修竹。

出自：〈蘭亭集序〉。

翻譯：這個地方有高大陡峻的山嶺，茂密的樹林和高大的竹叢。

範例：老冉冉其將至兮，恐修名之不立。

出自：〈離騷〉。

翻譯：只覺得老年在漸漸來臨，擔心美好的名聲不能樹立。

好多有趣的修

山勢高峻。

細長的眉毛。

結成友好的關係。

操行高潔的人。

圖，在古代這是一個動詞喔

現在說圖，通常指畫面。而古人說圖，指的卻是繪畫這個動作。
這次你一定猜到了，圖在古代也是一個動詞哦！

現在　　　　　　　　古代　　畫畫

圖畫

←圖→

範例：直以彩色圖之。出自：《夢溪筆談》。
翻譯：直接用色彩畫畫。

預料

範例：人實難知，吉凶難圖。
出自：《論衡》。
翻譯：人和具體情況都很難預
知，吉凶也難以預料。

對付

範例：齊、秦合必圖晉、楚。
出自：《史記》。
翻譯：齊、秦兩國聯合必然會
對付晉國和楚國。

考慮

範例：闕秦以利晉，唯君圖
之。出自：《左傳》。
翻譯：削弱秦國對晉國有利，
希望您考慮一下這件事。

模仿

範例：命鑄銅以圖其像。
出自：《水經注》。
翻譯：讓人模仿他的樣子鑄造
銅像。

變身名詞

地圖

塔

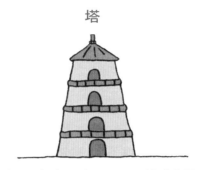

範例：圖窮而匕首見。
出自：《戰國策》。
翻譯：地圖全部打開後，
匕首就露了出來。

範例：東岩西谷，又是剎靈之圖。
出自：《水經注》。
翻譯：東面是山岩，西面是山谷，
也是寺院佛塔所在之處。

好多有趣的圖

圖法

圖籍

圖景

圖冊，法典。

地圖與戶籍。

畫面上的景物，比喻
理想中的景況。

指，罵人卻不帶髒字

　　說到指，我們現在的動作通常是用手對著人或物；而古人的指，代表的動作可就豐富了。看看下面的圖，一起來了解一下吧。

指著　　　　現在　　　　　　　　　　古代

指責

←指→

範例：千人所指，無病而死。出自：《漢書》。
翻譯：被眾人指責，沒有病也會死。

範例：指其掌。出自：《論語》。
翻譯：用手指指著他的手掌。

用手指指

範例：頭髮上指，目眥盡裂。出自：《史記》。
翻譯：頭髮豎了起來，眼眶都瞪裂了。

豎起

指出

範例：直指是非以飾其身。
出自：《韓非子》。
翻譯：直接指出是非來端正
君主的言行。

指給……看

範例：指王翳曰：「此項王也。」
出自：《史記》。
翻譯：（把項王）指給王翳看，
說：「這才是項王。」

變身名詞

手指

意思

範例：臣未嘗聞指大於臂，臂大於股。
出自：《戰國策》。
翻譯：我從來沒有聽說過手指比手臂粗，更沒有聽說手臂比大腿粗。

範例：言近而指遠者，善言也。
出自：《孟子》。
翻譯：言語容易理解而意思深遠的，是有益的話。

好多有趣的指

指揮

揮手示意。

指目

用手指著，眼睛看著。也有指責的意思。

指教

指點教導。

指掌

比喻事情容易辦到，也指擊掌。

謝，是道謝還是道歉

我們現在說謝，多是感謝的意思。而古人說謝，你可要注意了，他們也許在認錯，也許在告別。謝字的意思可多著呢。

範例：因賓客至藺相如門謝罪。出自：《史記》。
翻譯：（廉頗）透過賓客指引，來到藺相如的門前認錯。

範例：乃謝客就車。
出自：《史記》。
翻譯：於是辭別朋友登上了馬車。

範例：當亦謝官去。
出自：〈送張五歸山〉。
翻譯：不久我也該辭官歸去。

範例：及花之既謝。
出自：〈芙蕖〉。
翻譯：等到花朵已經凋落。

範例：嘗有所薦，其人來謝。
出自：《漢書》。
翻譯：（安世）曾經推薦官員任職，那人前來感謝。

變身名詞

通「榭」，臺榭

範例：臺謝甚高，園囿甚廣。
出自：《荀子》。
翻譯：臺榭非常高，花園特別寬闊。

古邑名，在今河南唐河縣南

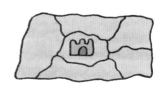

範例：蕭蕭謝功，召伯營之。
出自：《詩經》。
翻譯：快速修整謝邑，召伯苦心經營。

好多有趣的謝

謝媒

舉行婚禮後，男女雙方向媒人致謝。

謝客

辭別賓客。

謝絕

委婉的拒絕。

謝事

辭去官職。

病，可以用在身體也可以用在心理

說到病，我們現在常會想到生病。而古人還會想到怨恨、擔憂、羞辱等。一起來看看病在古代的意思吧！

現在　　　　　　　　　　　　　　古代

生病　　　　　　　　　　　　　　　　　　　　　羞辱

←病→

範例：非獨見病，亦以病吾子。
出自：〈答韋中立論師道書〉。
翻譯：不僅我會被羞辱，人們也會因此羞辱您。

範例：老臣病足，曾不能疾走。
出自：《戰國策》。
翻譯：老臣的腳患病了，竟不能快跑。

患病

範例：君子病無能焉。
出自：《論語》。
翻譯：君子擔心自己沒
有才能。

擔憂

怨恨

範例：奴輩病其司夜嚴，故以計殺之。出自：《閱微草堂筆記》。
翻譯：家奴們怨恨它守夜太嚴，因此用計把它殺死。

變身名詞

恥辱

範例：不以躬耕為恥，不以無
財為病。
出自：《陶淵明集》序。
翻譯：不以親自耕種為羞恥，
不以沒有錢財為恥辱。

缺點

範例：學而不能行謂之病。
出自：《莊子》。
翻譯：學習了卻不能付諸實
踐，叫做缺點。

好多有趣的病

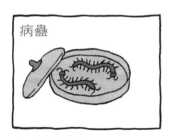

害人的毒蠱。

為害人民。

收養病人的地方。

居，代表的意思超出你想像

我們現在說居，通常指居住。而古人說居，那意思可就出人意料了。一起來一探究竟吧！

居住　　**現在**　　　　　　　　　　　　　　**古代**　　　坐

←居→

範例：佛印居右，魯直居左。出自：〈核舟記〉。
翻譯：佛印坐在右邊，黃庭堅（魯直）坐在左邊。

占，占有

範例：域中有四大，而王居其一焉。出自：《老子》。
翻譯：宇宙中有四大，而人類就占其中之一。

處於

範例：居大國之間。
出自：《國語》。
翻譯：處於大國的中間。

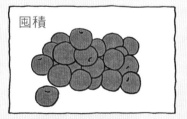

囤積

範例：此奇貨可居。
出自：《史記》。
翻譯：這是稀少的貨物，可以囤積起來。

停留

範例：變動不居。
出自：《周易》。
翻譯：不斷的變化，從不停留。

變身名詞

住處

範例：問其名居，不告而退。
出自：《左傳》。
翻譯：問他的姓名和住處，沒有回答就退下了。

通「舉」，舉動

範例：居錯、遷徙，應變不窮，是聖人之辯者也。
出自：《荀子》。
翻譯：舉措、改換話題，都能隨機應變而不會無法應答，這是聖人一樣的辯說。

好多有趣的居

居室

住宅。也指夫婦同居。

居正

帝王登基。

居業

家業、產業。

貨，可以買也可以賣

現在說貨，一般指貨物。而古人說貨，可能是收買，也可能是賣東西……不過別擔心認錯，下面的圖可以幫你分清楚古代的各種貨。

現在　　　　　　　　　　　　　　　　古代

商品　　　　　　　　　　　　　　　　收買

←貨→

範例：無處而餽之，是貨之也。
出自：《孟子》。
翻譯：不說明用意卻要送錢給我，無疑是想收買我。

範例：徒吾役而不吾貨也。
出自：《零陵郡復乳穴記》。
翻譯：讓我幹活卻不給我報酬。

給報酬

賣出

賄賂

範例：家有好李，常出貨之。
出自：《晉書》。
翻譯：家裡有好李子，常常拿出去賣。

範例：誅稅民受貨者九人。
出自：《後漢書》。
翻譯：嚴懲搜刮百姓、貪汙受賄的九個人。

變身名詞

財物

範例：貪於財貨，好美姬。
出自：《史記》。
翻譯：貪圖財物，喜歡美女。

貨幣

範例：五銖，漢家貨。
出自：《後漢書》。
翻譯：五銖錢，是漢朝的貨幣。

好多有趣的貨

貨殖

商人。也指經商營利。

貨郎

零售日用品的小販。

貨色

財貨和美女。

會，你會什麼，不會什麼

說到會，我們現在多指懂得怎樣做，或有能力做，而古代還指聚集在一起、見面等。我們把會的古義「會」在了一起，快來看看吧！

現在

我會！

古代

聚集

範例：遷客騷人，多會於此。出自：〈岳陽樓記〉。
翻譯：被降職到外地的官吏和來往的詩人，大多聚集在這裡。

符合

範例：則下皆會其度矣。
出自：《管子》。
翻譯：下面的人行事就都能符合制度。

會面

範例：與上會留。
出自：《史記》。
翻譯：和皇上在留地會面。

擅長

範例：南北東西事，人間會也無？
出自：〈送道士曾昭瑩〉。
翻譯：人世間這麼多事，有什麼是我擅長的呢？

領悟

範例：會盡天地情。
出自：〈聽琴〉。
翻譯：領悟到天地之間所有的情感。

變身名詞

器物的蓋子

範例：敦啟會。
出自：《儀禮・士喪禮》。
翻譯：打開禮器的蓋子。

會稽，山名

範例：越王勾踐棲於會稽之上。
出自：《國語》。
翻譯：越王勾踐停留在會稽山上。

好多有趣的會

會計

核計，計算。

會（音同慧）計

聚眾謀劃。

會飯

聚餐。也指黍和稷混合的飯。

鼓，不只是樂器

　　說到鼓，我們現在想到的通常是樂器，但古人想到的可能是彈奏樂器。什麼？你問區別在哪兒？答案就在圖裡，找找看吧。

現在　樂器　←鼓→　古代　彈奏

範例：秦王與趙王會飲，令趙王鼓瑟。
出自：《史記》。
翻譯：秦王與趙王一起飲酒，讓趙王彈奏瑟。

範例：微風鼓浪，水石相搏。
出自：〈石鐘山記〉。
翻譯：微風振動波浪，水和石頭互相拍打。

擊鼓進攻
範例：公將鼓之。
出自：《左傳》。
翻譯：魯莊公就要擊鼓進攻。

振動

凸起
範例：煩則心下鼓。
出自：《黃帝內經·素問》。
翻譯：煩躁則胃部凸起。

變身名詞

古國名

範例：圍鼓三月，鼓人或請降。
出自：《左傳》。
翻譯：包圍鼓國三個月，鼓國有
人請求投降。

戰鼓

範例：雷鼓大震。
出自：《資治通鑑》。
翻譯：敲擊戰鼓的聲音震
耳欲聾。

好多有趣的鼓

鼓板

說書時所用的鼓和板。

鼓角

戰鼓與號角。

鼓舞

合樂以舞。

歸，是回家也是出嫁

我們現在說歸，通常指回來。而古人說歸，還有出嫁的意思。一起來分辨一下歸在古代的各種含義吧。

現在　　　　　　　　　　　古代

回來　　　　　　　　　　　　　嫁

←歸→

範例：後五年，吾妻來歸。出自：〈項脊軒志〉。
翻譯：過了五年，我的妻子嫁到我家來。

去世

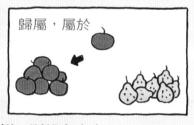

歸屬，屬於

範例：鬼之為言歸也。
出自：《爾雅》。
翻譯：鬼字的意思就是去世呀。

範例：則歸之庶人。
出自：《荀子》。
翻譯：就應該把他們歸屬於平民。

投案自首

歸附

範例：客有語錯，錯恐，夜入宮上謁，自歸上。出自：《漢書》。
翻譯：賓客中有人告訴了晁錯，晁錯恐懼，深夜入宮覲見皇上，主動向皇上認罪。

範例：樊將軍以窮困來歸丹。
出自：《戰國策》。
翻譯：樊將軍因為走投無路、處境困窘而歸附於太子丹。

變身名詞

歸宿

範例：異趣而同歸。
出自：《管子》。
翻譯：志趣不同，但是歸宿卻相同。

變身形容詞

通「愧」，慚愧

範例：形容枯槁，面目犁黑，狀有歸色。
出自：《戰國策》。
翻譯：面容憔悴，臉色黃黑，顯得非常慚愧。

好多有趣的歸

歸遺（音同胃）

饋贈，送給。

歸省（音同醒）

回家探望父母。

歸獸

把牛馬放歸山林。比喻解除武器裝備。

造，有形的、無形的都能用造

說到造，我們現在想到的多是製造。可在文言文裡，造就不只製造那麼簡單了。不信的話，一起來看看吧！

現在　　　　　　　　　　　古代

製造　　　　　　　　　　　　　　　　至，到

範例：興師伐魯，造於長勺。出自：《管子》。
翻譯：（齊桓公）發動軍隊討伐魯國，軍隊到了長勺。

撰寫

範例：非禹、益不能行遠，《山海》不造。出自：《論衡》。
翻譯：沒有大禹，伯益不能走那麼遠，《山海經》就寫不出來了。

創建

範例：是以成湯、文、武，實造商、周。出自：《三國志》。
翻譯：所以是成湯、周文王、周武王，實際創建了商、周。

盛放

範例：君設大盤，造冰焉。
出自：《禮記》。
翻譯：在國君的床下放一個大盤，裡面盛放冰塊。

拜訪

範例：庾公造周伯仁。
出自：《世說新語》。
翻譯：庾公去拜訪周伯仁。

變身名詞

成就

範例：肆成人有德，小子有造。
出自：《詩經》。
翻譯：如今成人有德行，後生小
子有成就。

變身形容詞

憂愁

範例：舜見瞽瞍，其容造焉。
出自：《韓非子》。
翻譯：舜見到父親瞽瞍，面容
憂愁。

好多有趣的造

造勝

訪求名勝古跡。

造述

著作，著述。

造言

製造謠言。

存亡，是存還是亡？

　　有時候，我們會在文言文中發現由兩個意義相反的字組成的詞，翻譯時取其中一個字的意思，另一個字只作為陪襯。

範例：此誠危急存亡之秋也。出自：〈出師表〉。
翻譯：這確實是國家危急的時期。

範例：備他盜之出入與非常也。出自：《史記》。
翻譯：是為了防備盜賊進來和其他意外的變故。

範例：去來江口守空船。
出自：〈琵琶行〉。
翻譯：（他）去了，留我在江邊獨守空船。

範例：今古恨，幾千般，只應離合是悲歡？
出自：〈鷓鴣天·送人〉。
翻譯：古往今來令人傷心的事何止千萬件，難道只有離別才讓人悲傷嗎？

　　既然有反義字組成的詞，那必然也有兩個意思相近的字組成的詞，而且表達的是同一種詞義。

將欲──想要

範例：夫差將欲聽，與之成。出自：《國語》。
翻譯：夫差想聽取（文種的建議），與越國和好。

謗議──議論過失

範例：能謗議於市朝，聞寡人之耳者，受下賞。出自：《戰國策》。
翻譯：能夠在公共場合議論我的過失，並能傳到我的耳朵裡的，受下等獎賞。

愛憐──疼愛

範例：丈夫亦愛憐其少子乎？
出自：《戰國策》。
翻譯：男人也疼愛他的小兒子嗎？

盟誓──結盟

範例：申之以盟誓。
出自：《左傳》。
翻譯：用結盟來明確關係。

一字就知升降職

在文言文中，關於降職有許多不同的說法。一字之差，就能表現官員在官場中截然不同的命運。

降職

貶

範例：貶連州刺史。出自：《舊唐書》。
翻譯：（劉禹錫）被貶為連州刺史。

調職

徙

範例：徙齊王信為楚王。出自：《史記》。
翻譯：韓信從齊王被調職為楚王。

貶官降職或流放

謫

範例：滕子京謫守巴陵郡。
出自：〈岳陽樓記〉。
翻譯：滕子京被貶到巴陵郡做郡守。

犯⋯⋯罪或錯誤

坐

範例：留侯不疑，孝文帝五年坐不敬，國除。出自：《史記》。
翻譯：留侯張不疑，在孝文帝五年時，因犯了不敬之罪，被廢除了封國。

在文言文中，古人會用以下這些不同的字來表達升職的情況。
不過即使是升職，也存在著一些細微的差異。

晉升或調動官職

遷

範例：孝文帝說之，超遷，一歲中至太
中大夫。出自：《史記》。
翻譯：孝文帝很喜歡他，破格提拔他，
一年就升任到了太中大夫。

提拔

提

範例：提獎後輩，以名行為先。
出自：《北史》。
翻譯：提拔獎勵後輩，要先看他的名望
和德行。

授給，付與

授

範例：遣使者持黃金印、赤紱綏，朱輪
車，即軍中拜授。出自：《漢書》。
翻譯：（皇帝）派使者拿著黃金印信和
朱衣玉佩，乘著朱輪車到軍隊裡授給他
官職。

徵召

辟

範例：初辟司徒府，除佐著作郎。
出自：《晉書》。
翻譯：當初受司徒府的徵召，拜官為佐
著作郎。

周朝貴族必修課

　　早在周朝，古人們就有了德、智、體、群、美的觀念，周王要求所有的貴族都要掌握禮、樂、御、射、書、數六種技能。

周朝的禮儀除了吉禮（祭祀的禮節），還包括凶禮（喪葬的禮節）、軍禮（軍事的禮節）、賓禮（天子接待諸侯、賓客等的禮節）、嘉禮（成年或成親等的禮節），合稱五禮。

樂指《雲門大卷》、《咸池》、《大韶》、《大夏》、《大濩》（音同獲）和《大武》這六種樂舞，是專門教授給周朝貴族的舞蹈，用於配合各種祭祀。

御（駕駛車馬的技術）

除了逐水車（在河邊駕車時不落水），還要求鳴和鸞（行車時的節奏，要和鳥叫聲相應）、過君表（經過天子附近時，要注意禮貌）、舞交衢（過通道時，要驅馳自如）、逐禽左（打獵時，要從左邊接近獵物）。

書（識字、書寫）

貴族們對於周朝時期通用的甲骨文、金文，和後來出現的大篆，都需要能識、記和運用。

數（數學）

數指天文、地理、民生等各個方面產生的實際問題中，所需要的數學知識。

射（箭術）

箭術分為五種：白矢、參連、剡注、襄尺和井儀，分別代表不同的射箭技法。

第三章

了解成語的由來典故，
作文（和做人）一定得高分

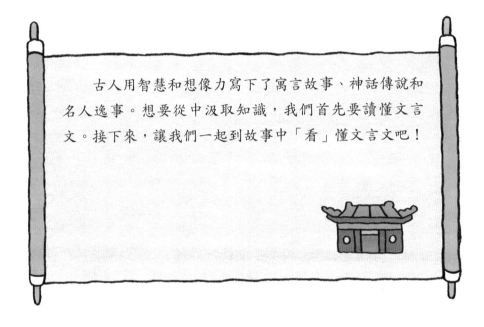

古人用智慧和想像力寫下了寓言故事、神話傳說和名人逸事。想要從中汲取知識，我們首先要讀懂文言文。接下來，讓我們一起到故事中「看」懂文言文吧！

自相矛盾

原文
楚人有鬻①盾與矛者，譽②之曰：「吾③盾之堅，物莫能陷也。」又譽其矛曰：「吾矛之利，於物無不陷也。」

翻譯
楚國有個賣盾和矛的人，稱讚自己的盾道：「我的盾非常堅固，什麼東西都不能刺破它。」又誇獎自己的矛道：「我的矛非常鋒利，沒有什麼東西不能刺破。」

英雄好漢看過來，走過路過莫錯過！

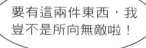

要有這兩件東西，我豈不是所向無敵啦！

俺賣的東西怎麼沒人看呢？

特別的詞

①鬻：音同玉，賣。
②譽：稱讚，誇獎。
③吾：我。

汪！汪汪！

特別的詞

①或：有的人。②子：你。
③陷：刺破。④弗：不。

原文
或①曰：「以子②之矛，陷③子之盾，何如？」其人弗④能應也。

翻譯
有人問：「用你的矛來刺你的盾，會怎麼樣？」那個人也答不上來。

原文
夫不可陷之盾與無不陷之矛，不可同世而立。

翻譯
刺不破的盾和無堅不摧的矛，是不可能同時存在於世的。

大家聽我解釋！
都別走呀！

這年頭，什麼
人都有哇！

補充知識

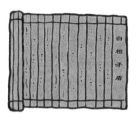

〈自相矛盾〉

出自韓非的文章〈難一〉。

韓非

戰國時期韓國新鄭（今屬河南）人，法家學派的代表人物。

《韓非子》

韓非還著有〈孤憤〉、〈五蠹〉、〈說難〉等文章，後人把它們收集起來，整理成書籍〈韓非子〉。

名人小故事

據說，韓非有口吃，不善於演講。

於是，韓非就苦練寫文章，他的作品在當時廣為流傳。

秦王看了韓非的作品，喜歡得不得了，專門發兵韓國去討要韓非。

延伸閱讀

　　自相矛盾的楚人這次可丟了大臉。其實古時候還有一些人，他們做的事情也引發了很多笑話，各位可千萬別學他們！

揠苗助長

原文

宋人有閔①其苗之不長而揠②之者，芒芒然歸，謂其人③曰：「今日病矣！予④助苗長矣！」其子趨⑤而往視之，苗則槁⑥矣。

注釋

①閔：同「憫」，即擔心、憂慮。②揠：拔。③其人：他的家人④予：我。⑤趨：急行，到……去。⑥槁：枯槁，枯死。

翻譯

宋國有個人憂慮他的禾苗長得不高，就拔高了禾苗，一天下來十分疲憊的回到家，對他的家人說：「今天太累了！我讓禾苗長高了！」他兒子趕緊到田裡去查看禾苗的情況，發現禾苗都已經枯死了。

掩耳盜鈴

原文

范氏之亡①也，百姓有得鐘者，欲負②而走，則鐘大不可負，以椎毀之，鐘況然有音。恐人聞之而奪己也，遽③掩其耳。

注釋

①亡：逃亡。②負：背著。③遽：急忙，趕快。

翻譯

范氏逃亡的時候，有個人趁機偷了一口鐘，想要背著它逃跑，但是鐘太大了，不好背。這個人打算用錘子砸碎鐘後再背，結果那口鐘「咣」的發出了很大的響聲。他生怕別人聽到鐘聲後來把鐘奪走，就急忙緊緊捂住自己的耳朵。

伯牙鼓琴

原文
伯牙鼓[1]琴，鍾子期聽之。方鼓琴而志[2]在泰山，
鍾子期曰：「善哉[3]乎鼓琴，巍巍[4]乎若[5]泰山。」

翻譯
伯牙彈琴，鍾子期聽他彈琴。伯牙在彈琴時，心裡
想著高山，鍾子期說：「你彈得真好啊，就像大山
一樣高峻。」

特別的詞

①鼓：彈。②志：心志，情志。
③善哉：好啊。④巍巍：高大的樣子。
⑤若：像……一樣。

特別的詞

①少選：不久，一會兒。
②湯湯：音同商，水流大而急的樣子。

原文
少選①之間，而志在流水，鍾子期又曰：「善
哉乎鼓琴，湯湯②乎若流水。」

翻譯
不一會兒，伯牙心裡想到了流水，鍾子期又
說：「你彈得真好啊，就像流水一樣浩蕩。」

原文

鍾子期死，伯牙破琴絕[1]弦，終身不復[2]鼓琴，以為世無足[3]復為鼓琴者。

翻譯

鍾子期死後，伯牙摔琴斷弦，終身不再彈琴，他認為世上再沒有值得他為之彈琴的人了。

補充知識

〈伯牙鼓琴〉

出自《呂氏春秋》。

《呂氏春秋》

戰國時期，秦國丞相呂不韋集合門客，一起編寫的黃老道家名著。黃老道家，是黃帝學派和老子學派的合稱。

知音

知音一詞來源於本故事，現在常用來形容朋友之間的情誼。

名人小故事

伯牙跟隨成連學習古琴，掌握了彈琴的技巧，卻彈不出神韻。

成連帶著伯牙乘船去了蓬萊島，想讓自己的老師方子春傳授一些方法，於是他讓伯牙在島上等自己回來。

伯牙在島上感受到大自然的美好，激情澎湃的創作了千古名曲──〈高山流水〉。

延伸閱讀

伯牙和子期的友情從古至今一直被傳頌。不只他們，下面這些人對待友情的態度，也同樣值得我們學習！

管鮑之交

原文

鮑叔既進①管仲，以身下之。子孫世祿於齊，有封邑者十餘世，常為名大夫②。天下不多管仲之賢而多鮑叔能知③人也。

注釋

①進：舉薦。②大夫：古代官職，位於卿之下、士之上。
③知：識別。

翻譯

鮑叔舉薦了管仲之後，甘心位居管仲之下。（他的）子孫世世代代享受齊國的俸祿，有封地的就有十幾代人，大都是著名的大夫。天下人不稱讚管仲的賢能，反而稱讚鮑叔善於識別人才。

刎頸之交

原文

廉頗聞①之，肉袒負荊，因②賓客至藺相如門謝罪，曰：「鄙賤之人，不知將軍寬之至此也。」卒相與歡，為刎③頸之交。

注釋

①聞：聽說。②因：透過。③刎：割。

翻譯

廉頗聽說了這些話，就袒露身體背著荊條，透過賓客指引，來到藺相如的門前認錯，他說：「我這個粗野卑賤的人，想不到將軍的胸懷如此寬大。」兩人終於和好，成了生死與共的好友。

女媧造人

原文
俗說天地開闢，未有人民，女媧摶黃土作人。

翻譯
傳說盤古開天闢地時，還沒有人類，女媧把黃土捏成團，創造了人類。

特別的詞

①摶：音同團，把碎散的東西聚成團。

特別的詞

①劇：繁多。②務：工作，事務。
③乃：於是。④引：牽，拉。

多謝
女媧娘娘！

原文
劇務^②，力不暇供，乃^③引^④繩於泥中，舉以為人。

翻譯
（女媧）工作繁多，一個人的力量不夠供應需求，於是拉了一條繩子放在泥漿裡，舉起繩子（濺落出來的泥點）就變成了人。

補充知識

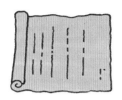

〈女媧造人〉

出自應劭的民俗著
作《風俗通義》。

應劭

東漢學者，博學多才，
寫過很多作品，包括
《漢官儀》、《集解漢
書音義》等。

女媧

中國上古神話中
的創世女神，傳
說一天可以變化
70 次。

名人小故事

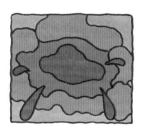

有一天，兩位神仙
打架，導致天上出
現了一個巨大的窟
窿，威脅到人類的
生存。

為了幫助人類，女媧
花了七七四十九天煉
成五色石，終於把窟
窿補上。

為了防止天再塌下來，女
媧又用大龜的四條腿撐在
天地之間，幫助人類渡過
了危機。

延伸閱讀

　　女媧娘娘不僅創造了人類，還把天補上，為我們操碎了心。因
此，女媧也與伏羲、神農一起被尊為「三皇」。

共工怒觸不周山

原文

昔者①，共工與顓頊爭為帝，怒而觸②不周之山，天柱折，地維絕。天傾西北，故日月星辰移焉；地不滿東南，故水潦③塵埃歸焉。

注釋

①昔者：從前。②觸：碰，撞。③水潦：泛指大地上的江河。

翻譯

從前，共工與顓頊爭奪天帝之位，（共工在大戰中慘敗，於是共工）憤怒的用頭撞擊不周山，支撐著天的柱子折了，拴繫著大地的繩索也斷了。天向西北方傾斜，所以日月星辰都向西北方移動；大地的東南角塌陷了，所以江河泥沙都朝東南角流去。

三皇

原文

伏羲、女媧、神農是三皇也。皇者，天，天不言，四時行①焉，百物生焉。三皇垂②拱無為，設言而民不違，道德玄泊③，有似皇天，故稱曰皇。

注釋

①行：變化。②垂拱：垂衣拱手。③玄泊：幽遠恬淡。

翻譯

伏羲、女媧和神農是上古時期的三位皇者。皇者是天的象徵，上天不說話，四季仍在變化，萬物還在生長。三位皇者垂衣拱手，不親理事務，制定了規則而百姓不違背，他們的道德幽遠恬淡，就像皇天一樣，所以被稱為皇者。

精衛填海

原文
炎帝之少女，名曰女娃。女娃游①於東海，溺②而不返。

翻譯
炎帝的小女兒，名叫女娃。女娃在東海遊玩，溺水身亡，再也沒有回來。

特別的詞

①游：遊玩。②溺：溺水，淹沒。

原文
故^①為精衛，常銜^②西山之木石，以堙^③於東海。

翻譯
因此她化為精衛鳥，經常用嘴叼著西山的樹枝和石頭，用來填塞東海。

特別的詞

①故：因此。②銜：用嘴叼著。
③堙：填塞。

補充知識

〈精衛填海〉

出自志怪書籍《山海經》。

《山海經》

一部包羅神話傳說和地理知識的古老奇書，神祕到沒人知道是誰、在什麼時候寫了這本書。

炎帝

傳說中上古時期的部落首領，牛首人身，號神農氏。

名人小故事

上古時期，所有植物都長在一起，人們分不清哪些能吃，哪些不能吃。

為了解決這個問題，神農親身試驗，嘗遍了百草。在這個過程中，他還中過毒，差點死掉。

最終，神農嘗出了可以當糧食的五穀，和可以治病的草藥，造福了人類。

延伸閱讀

　　女娃溺死在東海，就化作精衛銜石填海；后羿為了百姓能夠安居樂業，射下了多餘的太陽；夸父為了反抗烈日烘烤，不惜用生命追日……他們這種與惡劣環境鬥爭的精神，值得我們銘記。

后羿射日

原文

堯時十日並^①出，草木焦枯。堯命羿仰射十日，中其九日，日中九烏皆^②死，墮^③其羽翼，故留其一日也。

注釋

①並：一起。②皆：都。③墮：掉下。

翻譯

堯統治的時候，天上有十個太陽一同升起，花草樹木都枯死了。（於是）堯派后羿射日，后羿射掉了九個太陽，太陽裡的九隻鳥都死了，它們的羽翼都掉了。（后羿）故意留下一個太陽（讓它繼續為人們服務）。

夸父追日

原文

夸父與日逐走，入日；渴，欲得飲，飲於河^①、渭^②；河、渭不足，北飲大澤^③。未至，道渴而死。棄^④其杖，化為鄧林。

注釋

①河：黃河。②渭：渭水。③澤：湖。④棄：丟棄。

翻譯

夸父與太陽競跑，一直追趕到太陽落下的地方；他感到口渴，想要喝水，就到黃河、渭河喝水。黃河、渭河的水不夠，夸父就向北去喝大湖的水。還沒趕到大湖，他就半路渴死了。而他丟棄的手杖，就化成了桃林。

司馬光砸缸

原文
群兒^①戲^②於庭^③，一兒登甕^④，
足跌沒^⑤水中，眾皆棄去。

翻譯
一群孩子在庭院裡玩耍，一個孩
子爬到了水缸上，失足掉進缸中
被水淹沒，大家都趕緊跑開了。

特別的詞

①兒：孩子。②戲：玩耍。③庭：庭院。
④甕：盛物的陶器，口小肚大。
⑤沒：淹沒。

原文
光^①持^②石擊^③甕破之。

翻譯
（只有）司馬光拿石頭把缸砸開了。

吃我一記大石頭！

特別的詞

①光：指司馬光。②持：拿。
③擊：敲，砸。

原文
水迸①，兒得活。

翻譯
水湧了出來，這個孩子才
得以活命。

補充知識

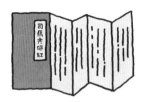

〈司馬光砸缸〉

出自「二十四史」中的《宋史》。

二十四史

中國古代各朝撰寫的二十四部史書的總稱，記錄了黃帝時期到明朝的歷史。

司馬光

北宋政治家、史學家、文學家，主持編纂了《資治通鑑》。

名人小故事

司馬光從小勤奮好學，7 歲時就會背《左氏春秋》。

為了有更多的時間學習，司馬光找木匠砍了一段枕頭長短的圓木，枕著它睡覺。

只要稍微動一下，圓木便會滾動，司馬光就會被驚醒，從而起床讀書。司馬光將之稱為「警枕」。

延伸閱讀

司馬光不僅有砸缸的急智，還擁有勤奮好學和勤儉樸素的美德，是值得我們學習的好榜樣！

司馬光好學

原文

司馬溫公幼時，患①記問不若人，群居講習，眾兄弟既成誦，游息矣；獨下帷絕編，迨②能倍③誦乃止。用力多者收功遠，其所精誦，乃④終身不忘也。

注釋

①患：擔心。②迨：到，等到。③倍：通「背」。④乃：才，就。

翻譯

司馬光幼年時，擔心自己記誦詩書以備應答的能力不如別人，大家在一起學習討論時，別的兄弟會背誦了，就去玩耍休息；（司馬光卻）獨自留下來，專心刻苦的讀書，一直到能背得爛熟於心為止。（因為）讀書時下的功夫多，收穫就長遠，（所以）他所精讀和背誦過的書，才能終身不忘。

訓儉示康

原文

平生衣取蔽寒①，食取充腹；亦不敢服垢弊②以矯俗干名③，但順吾性而已。眾人皆以奢靡為榮，吾心獨以儉素為美。

注釋

①蔽寒：抵禦寒冷。②垢弊：骯髒破爛的衣服。③干名：獲取名聲。

翻譯

我（司馬光）平時的衣服僅僅禦寒就行，食物僅僅充饑就行；也不敢故意穿骯髒破爛的衣服，以違背世俗常情來獲取名聲，只是順著我的本性行事罷了。許多人都把奢侈浪費看作光榮，而我心裡把節儉樸素看作美德。

磨杵成針

原文
磨針溪，在象耳山下。世傳李太白讀書山中，未成，棄去[①]。

翻譯
磨針溪位於象耳山下。世人傳說李白曾在山裡讀書，還沒有完成學業，就放棄離開了。

特別的詞

①去：離開。

讀書真是
太無聊了！

原文

過是①溪，逢②老嫗③方磨鐵杵④。問之，曰：「欲作針。」

翻譯

（李白）經過這條溪流時，遇見一位老婦人正在磨鐵棒。李白問老婦人在幹什麼，她說：「我想把它磨成針。」

特別的詞

①是：這。②逢：遇見。
③老嫗：老婦人。④鐵杵：鐵棒。

原文
太白感①其意②，還③，卒④業。

翻譯
李白被她的意志感動，回去完成了學業。

我也要
努力堅持！

溫故而知新，
可以為師矣。

補充知識

〈磨杵成針〉

出自地理類書籍《方輿勝覽》。

《方輿勝覽》

主要記載了南宋臨安府所轄地區的郡名、風俗、人物、題詠等內容。

李白

字太白，號青蓮居士，唐代偉大的浪漫主義詩人，被後人譽為「詩仙」。

名人小故事

大家都知道，李白愛喝酒，愛寫月亮。

但你可能不知道，李白還特別喜歡劍術，他 15 歲就開始研究並學習劍術。

據說，李白的劍術可以排大唐第二，僅次於劍聖裴旻。

延伸閱讀

只要堅持，鐵杵也能磨成針，金石也可以雕刻出花樣，流水也能滴穿石頭。你們有沒有什麼堅持想做的事情？

鍥而不舍

原文

故不積跬步，無以至千里；不積小流，無以成江海。騏驥一躍，不能十步；駑馬十駕①，功在不舍②。鍥③而舍之，朽木不折；鍥而不舍，金石可鏤。

注釋

①駕：馬拉車一天所走的路程叫一駕。②舍：停。③鍥：刻。

翻譯

所以沒有一步半步的累積，就不能到達千里之外；沒有小河流的匯聚，就形成不了江河大海。駿馬一跨躍，也不足十步遠；劣馬拉車走十天也能到達，它的成績源於走個不停。刻幾下就停下來，腐爛的木頭也刻不斷；不停的刻下去，金石也能雕刻成功。

水滴石穿

原文

泰山之霤①穿石，單極之綆斷幹②。水非石之鑽，索非木之鋸，漸靡使之然也。

注釋

①霤：音同六，指往下滴流的水。②斷幹：磨斷樹幹。

翻譯

泰山的滴水能滴穿岩石，單股的細繩可以磨斷樹幹。水並不是給石頭打洞的鑽子，細繩也不是用來鋸木頭的鋸子，是天長日久不停的摩擦，才使它們這樣的。

附錄

文言文用法實力考驗

唐有才

　　一年一度的科舉考試即將在京城舉行，全國各地的考生都將趕往京城應試。我們的主角唐有才，就是此次進京趕考的一位書生。

　　從家鄉前往京城的路上，唐有才經歷了很多有意思的事情，也遭遇了不少困難。大家快來幫幫他吧！

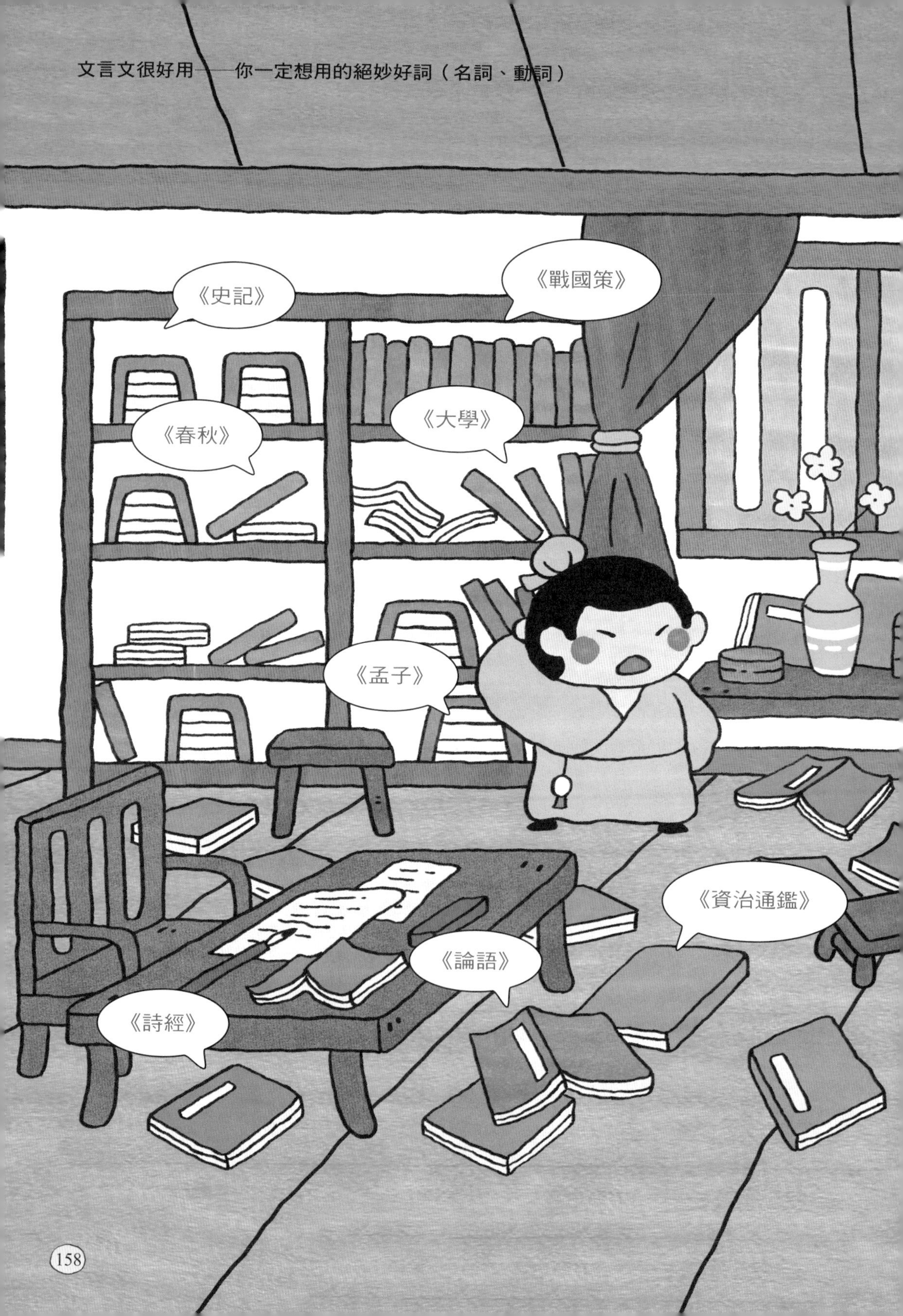
《史記》
《戰國策》
《春秋》
《大學》
《孟子》
《資治通鑑》
《論語》
《詩經》

　　唐有才順利找到了書，和家人告別後，他踏上了趕考之路。結束了一天的長途跋涉後，他來到一處小村莊想要借宿。唐有才敲開一戶人家的門，禮貌的說明了來意。這戶人家有個古靈精怪的小兒子，他對唐有才說：「只要你正確說出我們家每個人的年齡稱謂，就可以住下。」

提示：小兒子已經告知了唐有才他們全家人的年齡，快來想想這些年齡在古代分別叫什麼吧！

在這戶人家用過晚飯後，唐有才決定制定一份到京城後的學習計畫表，可是這份計畫表上好像缺了幾個時辰，你能幫忙補全嗎？

（　　）、丑時、寅時、卯時：

睡覺

辰時：

起床洗漱

吃早餐

晨讀

（　　）：

練字

做文章

午時：

吃午餐

午睡

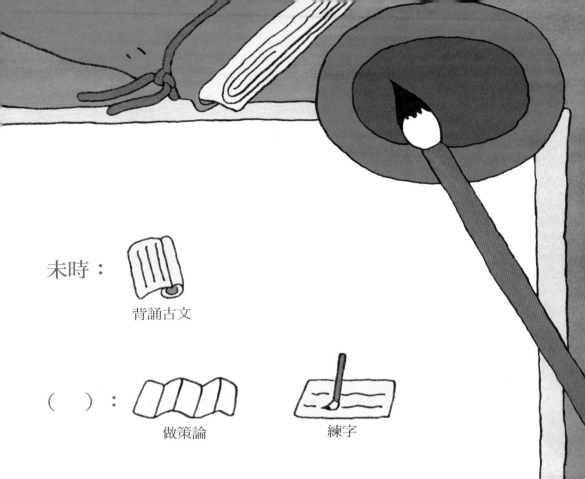

未時： 背誦古文

（　）： 做策論　　　練字

酉時： 吃晚餐　　　散步

（　）： 默寫古文

亥時： 洗漱　　　打掃房間　　　睡覺

　　第二天清晨，唐有才早早起來向主人家道謝，並表示願意留下住宿費。主人堅持不要，說：「你如果實在過意不去，不如幫我跑一趟，去集市上買些東西。」唐有才隨即前往集市。但集市上的東西五花八門，他一時間找不到主人家要他買的東西，你能幫他找出來嗎？

提示：扶老、箸、羽觴、簋都是主人家要買的東西哦！

　　唐有才離開了小村莊，繼續趕路。這天，唐有才需要翻越一座高山，趕了一段山路後，他渴極了。好不容易找到一處水源，他正想喝個痛快，卻被三個路霸攔住了。路霸老大說：「想要喝水，留下二十兩銀子！」

　　但唐有才沒有那麼多錢。路霸發現唐有才是個讀書人，於是換了個條件：只要唐有才幫他們弄清楚四個字的意思，就讓他免費喝個夠。

提示：至少要說出每個字的三種意思，才能幫到唐有才哦！

身高：長

性情：鄙

長相：惡

身上掛飾：沉

　　唐有才喝飽了水後，身上又充滿了力氣，很快就翻過高山來到一處集市。在集市附近，唐有才看到一位哭泣的婦人。他上前一問，得知原來是婦人的錢袋被人偷走了。熱心的唐有才決定幫助婦人找到小偷，拿回錢袋。

提示：請根據婦人形容的這些特徵，幫唐有才找到小偷吧！

　　唐有才幫婦人找回了錢袋，為了表示感謝，婦人說要送他一個禮物。唐有才跟隨婦人家的老僕來到後院，只聽老僕說：「『清』的旁邊有一個掛著『強』的『閑』，你的禮物就在『閑』裡。」

提示：老僕年紀大了，有些糊塗，總是把形容詞說成名詞。你能根據老僕的話，把畫面中的禮物圈出來嗎？

　　唐有才告別婦人和老僕，繼續趕路。這天，他來到河邊，準備坐船渡河。正要上船時，唐有才發現自己的錢袋不翼而飛了。船家看出他的窘迫，便對他說：「我的孩子正哭個不停，你如果能把他哄好，我就不收你的路費。」

　　唐有才正在努力逗孩子開心。先找一找唐有才在哪裡，然後看看他正在做什麼動作呢？

(取)　　(鼓)　　(指)　　(走)　　(居)　　(會)

知之是知之，
不知是不知，
是知者。

擇其善者且從
之，其不善者
且改之。

來到京城後，天色已經有些暗了，於是他連忙找了一家客棧歇腳。這裡恰巧有許多跟他一樣進京趕考的考生。在一片之乎者也的背誦聲中，唐有才隱約聽到了幾句錯誤的古文。你能找出其中的錯誤，並糾正過來嗎？

　　唐有才找到一處空位，正要坐下休息，突然，鄰桌傳來一聲大叫。唐有才轉頭一看，原來是一位名叫卜上進的考生把茶壺打翻了，水都灑到了書卷上。看著書上的字跡變得模糊不清，那位考生十分著急，於是唐有才決定幫他一把。

　　書卷上缺的字正好都是虛詞，你能把虛詞填進空裡，復原這本書的內容嗎？

《論語・為政》

子曰：「吾十有五（　　）志（　　）學，三十（　　）
立，四十（　　）不惑， 五十（　　）知天命，六十
（　　）耳順，七十（　　）從心所欲，不逾矩。」

《論語・學而》

曾子曰：「吾日三省吾身：為人謀（　　）不忠乎？與
朋友交（　　）不信乎？傳不習乎？」

《論語・為政》

子曰：「由，誨汝知（　　）（　　）？知（　　）為知
（　　），不知為不知，是知（　　）。」

三五之夜，明月半牆。

多見而識，知之次也。

聖人不能先知，六也。

　　卜上進非常感激唐有才的幫助，兩人很快成了好朋友。晚上，兩人結伴去逛夜市，不知不覺就被攤位上的花燈所吸引。攤位老闆見兩人對花燈很感興趣，馬上表示誰能找出這些燈籠上的數詞，就能免費得到一盞花燈。

　　你能幫他們拿到嗎？

離宮別館，二十六所。

而長子邁將赴饒之德興尉。

大都不過三國之一。

　　兩人得到了花燈後繼續前進。很快，卜上進又被一個套圈遊戲迷得走不動了。他興致勃勃的拉著唐有才想要上前體驗一番。你能幫他們贏得想要的商品嗎？

提示：上面有著概數的商品，正好是主人公最想要的哦！

　　他們逛完夜市之後，想著還要在這裡住些時日，就決定在回客棧前去買一些東西。當他們走到商鋪門口時，湊巧老闆的價格牌壞了，你能用合適的量詞幫老闆標好商品的價格，讓兩人能夠順利買到東西嗎？

提示：請與畫面結合哦！

匹　　斗　　方　　斤　　銖

一把二

休整了幾天後，唐有才和卜上進準備結伴繼續趕路。兩人來到客棧櫃檯結帳，店小二翻看了一下帳本，表示他們一共住了六天。

你能算出他們一共需要付給店家幾兩幾銖錢嗎？

提示：他們一共喝了兩升酒，吃了一斗米，並且訂了兩間房。（古時候一兩等於二十四銖）

普通房：四銖／天
米：十二銖／斗
酒：八銖／升

　　趕了好一段路後，唐有才和卜上進終於抵達了京城。在參加考試前，兩人打算順路拜訪本地一位有學問的老師。來到大儒的家門口時，為了表現自己謙虛有禮，兩人討論起該如何請門童向老師通報，以及怎樣和老師交談。請問他們在對話時，要如何稱呼對方及自己才是正確的呢？

（爾　渠）遠道而來，（吾　厥）幸，指點不敢，切磋而已。

先生之學識，令（其　愚）欽佩，願（公　孤）指點一二。

　　春闈放榜，唐有才成功考取進士，而卜上進卻落榜了。名落孫山的卜上進決定痛改前非，潛心鑽研功課，但他發現自己看不懂某些書上的句子，你能幫他翻譯下面幾篇短文嗎？

掩耳盜鈴

原文：
范氏之亡①也，百姓有得鐘②者，欲負③而走，則④鐘大不可負。

注釋：
①亡：逃亡。②鐘：古代樂器。③負：背著。④則：但是。

翻譯：

原文：
以椎①毀之，鐘況然②有音。

注釋：
①椎：敲打東西的器具。
②況然：形容鐘聲響亮。

翻譯：

原文：
恐①人聞之而奪己也，遽②掩
其耳。

注釋：
①恐：害怕。
②遽：急忙，趕快。

翻譯：

世無良貓

原文：
某①惡鼠，破家②求良貓。
厭③以腥膏④，眠以氈罽
（音同記）⑤。

注釋：
①某：有一個人。
②破家：拿出所有的家財。
③厭：滿足。
④腥膏：魚和肥肉。
⑤氈罽：氈子和毯子。

翻譯：

原文：
貓既飽且①安，率②不食
鼠，甚者與鼠遊戲，鼠以
故③益④暴⑤。

注釋：
①且：並且。
②率：都。
③故：緣故。
④益：更加。
⑤暴：凶暴，橫行不法。

翻譯：

原文：
某怒，遂①不復蓄②貓，以為③天
下無良貓也。

注釋：
①遂：於是，就。
②蓄：養。
③以為：認為。

翻譯：

原文：
是無貓邪，是不會蓄貓也。

翻譯：

濫竽充數

原文：

齊宣王使^①人吹竽，必^②三百人。

注釋：

①使：讓。

②必：一定，必須。

翻譯：

原文：
南郭處士①請為王吹竽，宣王說②之，廩③食④以數百人。

注釋：
①處士：未做官的士人。
②說：通「悅」，對……感到高興。
③廩：供養。
④食：糧食。

翻譯：

原文：
宣王死，湣王立①，好②一一聽之，處士逃③。

注釋：
①立：繼承王位。
②好：喜歡。
③逃：逃跑。

翻譯：

一毛不拔

原文：
一猴死，見冥王，求轉[1]人身。

注釋：
①轉：轉為。

翻譯：

原文：
王曰：「既[1]欲做人，須將毛盡拔去。」即喚夜叉拔之[2]。

注釋：
①既：既然。
②之：代指猴毛。

翻譯：

原文：
方^①拔一根，猴不勝^②痛叫。

注釋：
①方：才。
②勝：能忍受。

翻譯：

原文：
王笑曰：「看你一毛不拔，如何做人？」

翻譯：

參考答案

P158~159
四書：《論語》、《孟子》、《大學》、《中庸》。
五經：《詩經》、《尚書》、《禮記》、《周易》、《春秋》。

P160~161
10 歲：幼學；15 歲：及笄；30 歲：半老徐娘；40 歲：不惑；70 歲：古稀。

P162~163　子時；巳時；申時；戌時。

P164~165

扶老：拐杖。　　箸：筷子。　　羽觴：酒杯。　　簋：古代盛食物的青銅或陶製容器。

P166~167

甘：動聽、鬆動、甜、味美、黃柑、味美的食物、情願／甘心、認為……甘美。
長：與「短」相對、久、遠、高大、長度、高度、長處、擅長。
白：純真、白淨、空白、亮、白色、酒杯、控告、下級對上級陳述。
老：年歲大、深遠的、陳舊、衰竭／倦怠、老人、古代臣子的稱謂、終老、年老退休。

長：（身高）高大。
鄙：（性情）粗野。
惡：（長相）醜。
沉：（身上掛飾）色深
而有光澤。

P170~171

P172~173

馬

鼓

P174~175

知之為知之，不知為
不知，是知也。／擇
其善者而從之，其不
善者而改之。

學而不思則罔，思而不
學則殆。／溫故而知
新，可以為師矣。／學
而時習之，不亦說乎！

P176~177

子曰：「吾十有五而志於學，三十而立，四十而不惑，五十而知天
命，六十而耳順，七十而從心所欲，不逾矩。」
曾子曰：「吾日三省吾身：為人謀而不忠乎？與朋友交而不信乎？傳
不習乎？」
子曰：「由，誨汝知之乎？知之為知之，不知為不知，是知也。」

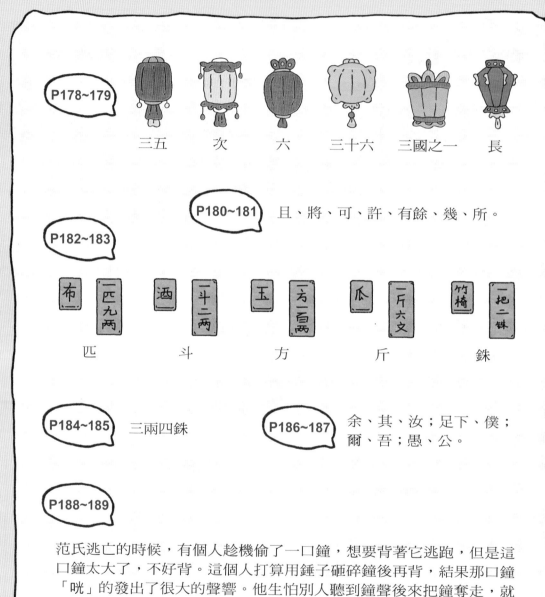

P178~179

三五　　　次　　　六　　　三十六　　　三國之一　　　長

P180~181　　　且、將、可、許、有餘、幾、所。

P182~183

布　一匹九兩　　　酒　一斗二兩　　　玉　一方一百兩　　　瓜　一斤六文　　　竹椅　一把二銖

匹　　　斗　　　方　　　斤　　　銖

P184~185　　　三兩四銖

P186~187　　　余、其、汝；足下、僕；
　　　　　　　　爾、吾；愚、公。

P188~189

范氏逃亡的時候，有個人趁機偷了一口鐘，想要背著它逃跑，但是這口鐘太大了，不好背。這個人打算用錘子砸碎鐘後再背，結果那口鐘「咣」的發出了很大的聲響。他生怕別人聽到鐘聲後來把鐘奪走，就急忙緊緊摀住自己的耳朵。

P190~191

有個人討厭老鼠，傾盡家財討得一隻好貓。用魚和肥肉餵養它，用氈子和毯子給貓睡。

貓已經吃得飽飽的，並且過得很安逸，就都不捕鼠了，有時貓甚至與老鼠一起嬉戲，老鼠因為這個緣故更加橫行不法。

這人十分生氣，於是再也不養貓了，認為這個世界上沒有好貓。

是沒有好貓嗎？是不會養貓。

P192~193

齊宣王讓人吹竽，一定要滿三百人。

南郭處士請求給齊宣王吹竽，宣王對此感到很高興，拿數百人的糧食供養他。

齊宣王去世後，齊湣王繼承王位，他喜歡聽樂師一個一個的演奏，南郭處士便逃走了。

P194~195

一隻猴子死後見到了閻王，向閻王請求投胎做人。

閻王說：「既然你想做人，就需要將毛全部拔掉。」於是就叫夜叉給猴子拔毛。

才拔下了一根，猴子就忍不住痛得叫了起來。

閻王笑道：「看你連一根毛都捨不得拔，怎麼做人呢？」

國家圖書館出版品預行編目（CIP）資料

文言文很好用——你一定想用的絕妙好詞（名
詞、動詞）：引經據典，言之有物、談吐得宜，
提升素養的最快方法。／段張取藝著. -- 初版. --
臺北市：任性出版有限公司，2022.04
208 面：17×23公分. --（drill：013-014）
ISBN 978-626-95349-7-5（上冊：平裝）
ISBN 978-626-95710-5-5（下冊：平裝）

1. CST: 文言文　2. CST: 讀本

802.82　　　　　　　　　　　　110022825

drill 013

文言文很好用——你一定想用的絕妙好詞（名詞、動詞）
引經據典，言之有物、談吐得宜，提升素養的最快方法。

作　　　者／段張取藝
責任編輯／林盈廷
校對編輯／連珮祺
美術編輯／林彥君
副 主 編／馬祥芬
副總編輯／顏惠君
總 編 輯／吳依瑋
發 行 人／徐仲秋
會計助理／李秀娟
會　　　計／許鳳雪
版權經理／郝麗珍
行銷企劃／徐千晴
業務助理／李秀蕙
業務專員／馬絮盈、留婉茹
業務經理／林裕安
總 經 理／陳絜吾

出 版 者／任性出版有限公司
營運統籌／大是文化有限公司
　　　　　臺北市 100 衡陽路 7 號 8 樓
　　　　　編輯部電話：（02）23757911
　　　　　購書相關資訊請洽：（02）23757911 分機 122
　　　　　24小時讀者服務傳真：（02）23756999
　　　　　讀者服務E-mail：haom@ms28.hinet.net
郵政劃撥帳號／19983366　戶名／大是文化有限公司

法律顧問／永然聯合法律事務所
香港發行／豐達出版發行有限公司 Rich Publishing & Distribution Ltd
　　　　　香港柴灣永泰道70 號柴灣工業城第 2 期 1805 室
　　　　　Unit 1805, Ph .2, Chai Wan Ind City, 70 Wing Tai Rd, Chai Wan, Hong Kong
　　　　　電話：21726513　傳真：21724355
　　　　　E-mail：cary@subseasy.com.hk

封面設計／陳皜
內頁排版／顏麟驊
印　　　刷／緯峰印刷股份有限公司

出版日期／2022 年 4 月
定　　　價／390 元
Ｉ Ｓ Ｂ Ｎ／978-626-95349-7-5
電子書ＩＳＢＮ／9786269571062（PDF）
　　　　　　　9786269571079（EPUB）